Primera edición: abril 2005
Tercera edición: febrero 2008

Dirección editorial: Elsa Aguiar

© del texto: Luisa Villar Liébana, 2005
© de las ilustraciones: Claudia Ranucci, 2005
© Ediciones SM, 2005
   Impresores, 2
   Urbanización Prado del Espino
   28660 Boadilla del Monte (Madrid)
   www.grupo-sm.com

ATENCIÓN AL CLIENTE
Tel.: 902 12 13 23
Fax: 902 24 12 22
e-mail: clientes@grupo-sm.com

ISBN: 978-84-675-0435-4
Depósito legal: M-2583-2008
Impreso en España / *Printed in Spain*
Orymu, SA - Ruiz de Alda, 1 - Pinto (Madrid)

EL BARCO DE VAPOR

El dragón que quería ser violinista

Luisa Villar Liébana

Ilustraciones de Claudia Ranucci

Cada cien años
despiertan los dragones.

Godofredo despertó
un bonito día de primavera.
   Como los dragones duermen
en cuevas sin luz,
al salir le gustó ver el sol.
¡Qué delicioso día!
¡Le encantaba despertar!

Dio unos pocos pasos
y encontró un campo de margaritas.

—¡Margaritas!
¡Margaritas chiquititas!
–exclamó al verlas
y se inclinó para oler su perfume.

—Godofredo,
¿qué harás ahora?
–le preguntó una margarita,
que era muy curiosa.

Godofredo se rascó la cabeza pensativo.

Después de pasar
cien años durmiendo,
no recordaba lo que tenía que hacer.

—Te esperan en la ciudad
–le informó otra margarita.

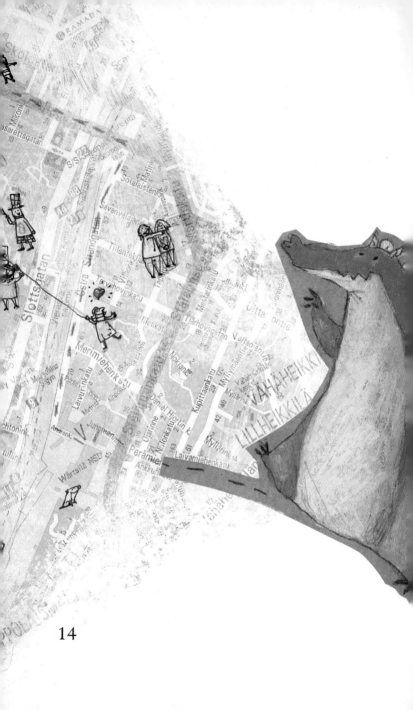

14

Y era verdad.
En la ciudad
le habían preparado una fiesta.
Godofredo fue a la fiesta,
escuchó el discurso del alcalde,
y en el banquete
comió muesli con miel.

Un niño tocó el violín.
Al oírlo,
Godofredo dejó de comer
y exclamó:
    —¡Qué música más dulce!

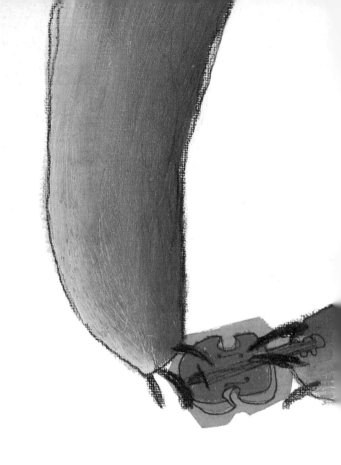

18

¡Cómo suena!
¡Me gustaría ser violinista!
   Pero el director de la orquesta dijo que,
con sus manos tan grandes,
no podía tocar el violín.

Y era verdad.
Cuando empezaba a tocarlo,
se rompían las cuerdas.

Godofredo estaba muy triste
y las margaritas no lograban consolarlo.

Una margarita dijo:

—¿No te gustaría ser bombero?

Godofredo se vistió
con uniforme azul,
se puso un casco en la cabeza,
y se presentó en el parque de bomberos.

Sonó el timbre.
Riiiiiiiiiing.
Y todos los bomberos corrieron.

Se montaron en un autobús,
y cruzaron la ciudad
para apagar el fuego.

Cuando llegaron,
Godofredo lo pasó mal.
El humo se le metía en la nariz
y estornudaba.

Cada vez que estornudaba,
como era dragón,
lanzaba llamas.

Y, en lugar de apagar el fuego,
lo encendía mucho más.

Él no quería ser bombero,
¡quería ser violinista!

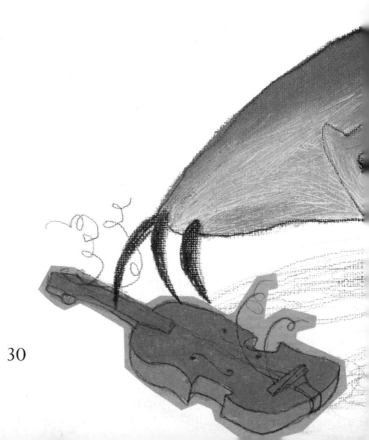

Una margarita dijo:
—¿No te gustaría ser viajero?
Los viajeros viajan
por todo el mundo.
Puede ser divertido.

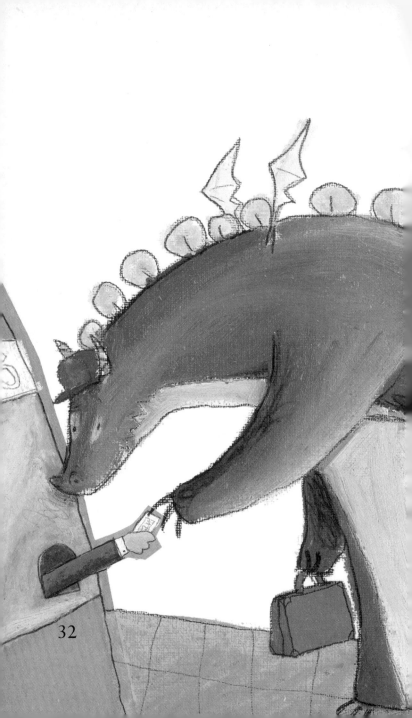

Godofredo se vistió de viajero.
Hizo la maleta,
se puso un sombrero
y compró un billete de tren
para recorrer el mundo.

Recorrió mucho mundo,
pero recordó a sus amigas las margaritas
y al niño que tocaba el violín,
y se puso triste.

Quería ser violinista.

Así que regresó.

—Godofredo,
¡estás más triste...!
–le dijo una margarita.

Y otra le dijo:
—Sí que estás triste.

Si no te alegras,
todas vamos a entristecer.

Puedes ser médico,
alcalde,
futbolista...
¿No te gustaría ser deportista?
Los deportistas hacen ejercicio
y se mantienen en forma.

Godofredo se vistió de deportista
y se fue a las Olimpiadas.
Como era muy grande
y no corría mucho,
en las carreras llegaba el último.

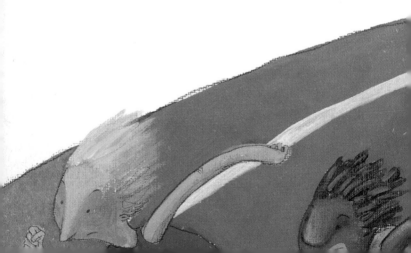

En el salto de pértiga
se dio un grandísimo coscorrón.
Y, al nadar,
se le apagaba el fuego de la nariz.

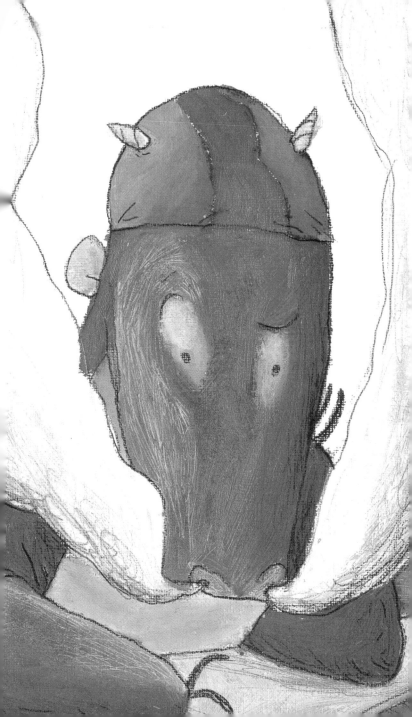

En fin...
Que ser deportista no era lo suyo.
Lo que a él le gustaría
era tocar el violín.

—¿Y taxista?
¿Por qué no pruebas?
Esa profesión tiene mucho porvenir
–le dijo una margarita–.
A los taxistas nunca les faltan clientes.

—No quiero ser taxista
–respondió Godofredo,
que había decidido no trabajar
en más profesiones.

47

La margarita insistió:

—Los taxis llevan a sus clientes a todas partes.

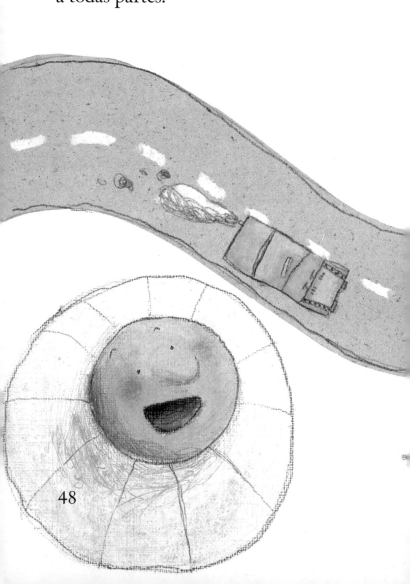

Unos van de compras,
otros al teatro.
Y otros van a conciertos de música.

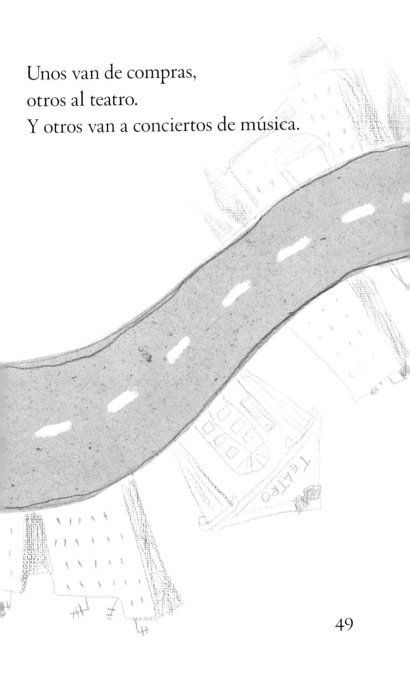

—¿A conciertos de música?

En los conciertos de música,
¿no se tocaba el violín?
¡Ya lo tenía!
¡Sería espectador!

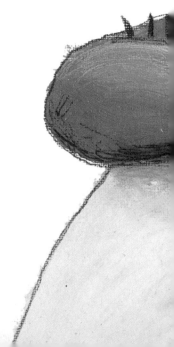

Y se fue a un concierto.

Cuando la orquesta tocó,
a Godofredo le gustó un instrumento
del que salía un extraño sonido.

—¡Qué sonido más extraño!
–exclamó Godofredo–.
¡Me gusta ese violín!

—No es un violín,
es un bajo
–le informó el espectador
del asiento de al lado.
¡Eh...! ¿Un bajo?
Si era más alto que él.
Y eso que era dragón.

—¡Margaritas!
¡Margaritas chiquititas!
–exclamó al regresar del concierto–.
¡Ya sé lo que voy a hacer!
¡Tocaré el bajo!

   Y aprendió a tocarlo.
Y, como era un instrumento muy grande,
las cuerdas no se rompían
en sus manos.

En clase de música se hizo amigo
de un niño violinista.

Cuando aprendió a tocar como él,
le ofreció su primer concierto
a las margaritas silvestres.

El niño lo acompañó
y entre los dos tocaron
una música muy especial.

La noche del concierto
las margaritas se vistieron de fiesta.
¡Qué bellas estaban a la luz de la luna!
—¡Margaritas!
¡Margaritas chiquititas!
¡Cómo me gusta vuestro perfume!
–dijo Godofredo
al verlas tan elegantes.

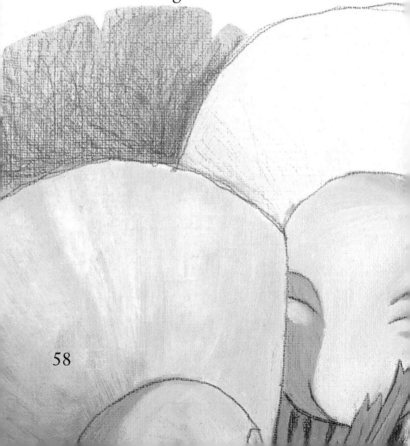

Ellas se alegraron de oírlo,
pues vieron que era un dragón
muy considerado.

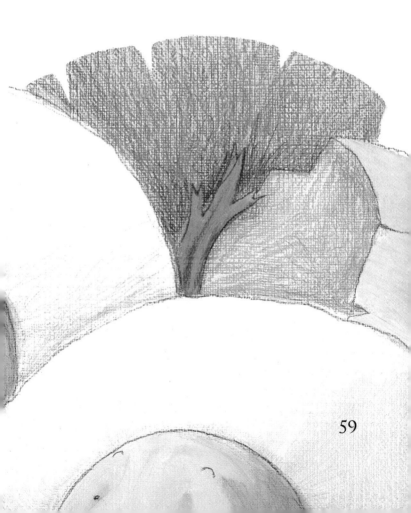

¡Y estaba muy guapo
vestido de músico!
Una margarita dijo:
—Toca para nosotras.

Godofredo tocó el bajo
y las margaritas suspiraron contentas.
El dragón parecía feliz.
    Al fin,
había encontrado su profesión.

SI TE HA GUSTADO **EL DRAGÓN QUE QUERÍA SE VIOLINISTA** PORQUE TE GUSTAN LAS HISTORIAS D DRAGONES BUENOS, NO DEJES DE LEER **MIGUEL Y E DRAGÓN**, que cuenta el largo viaje que hace u pequeño dragón hasta encontrarse con un niño qu se convierte en su mejor amigo.

MIGUEL Y EL DRAGÓN
Elisabeth Heck
EL BARCO DE VAPOR, SERIE BLANCA, N.º 2

Y LO PASARÁS ESTUPENDAMENTE CON **EL DRAGÓN COLOR FRAMBUESA**, LA HISTORIA DE UN DRAGÓN DIFE-RENTE AL RESTO DE LOS DE SU ESPECIE, que se empareja con una dragona a la que le gustan los lunares de su piel.

EL DRAGÓN COLOR FRAMBUESA
Georg Bydlinski
EL BARCO DE VAPOR, SERIE BLANCA, N.º 38

SI TE CAE BIEN EL DRAGÓN PROTAGONISTA PORQUE, AUNQUE ES UN PERSONAJE FANTÁSTICO, TIENE UNOS GUSTOS PARECIDOS A LOS DE LOS NIÑOS, TAMBIÉN TE IDENTIFICARÁS CON **EL GIGANTE PEQUEÑO**, un gigante que estaba a disgusto en el país de los gigantes y se fue de viaje para buscar un mundo a su medida.

EL GIGANTE PEQUEÑO
Andrés Guerrero
EL BARCO DE VAPOR, SERIE BLANCA, N.º 106

Y TAMBIÉN TE REIRÁS UN MONTÓN CON **EL OGRO QUE SIEMPRE ESTABA MUY ENFADADO**, Y SU MUJER, LA OGRESA, Y SU NIÑO, EL OGRITO, que ya no saben lo que hacer para tener al papá contento.

EL OGRO QUE SIEMPRE ESTABA MUY ENFADADO
Luisa Villar Liébana
EL BARCO DE VAPOR, SERIE BLANCA, N.º 83